水たまり

細田傳造

書肆山田

目次——水たまり

水たまり

散歩

此処で何をしているの？　役所系の人がきく
散歩をしている。わたし系の人が答える
（声は無い）
何処から来たの？　役所系の人がきく
梅の木から来た。わたし系の人が答える
（声は無い）
十二社で何をしていたの？　内輪系の人がきく
散歩をしていた
（声は出ない）

何処へ行こうとしたの？　内輪系の人がきく
何処へ行こうとしていたのか？
わたし系の人がわたし系の人にきく
わたし系の人がわたし系の人に言う
「そこら辺」
（音声は無い）　わたし系の人は
（みんな声は出さない）
プラタナスの木が並んで
生えていて
坂道を
バスが昇っていった
火の点いた
炭のかけらを落としていった
そこら辺を散歩をしていた

エリザベート

岩の坂道を
娘たちが蚊《か》飛白《かすり》になって昇ってゆく
「あたしよ」
坂の途中で
少女のとくべつの声を聞きました
「エリザベートよ」
ふりかえると誰もいません
蟬がいっせいになき出しました
岩の坂の岩肌に銀色と肌色の斑の虫が

かたまってとまっています
エリザベート二歳のおわりに結婚したエリザベート
あれから便りがなくなって
おじいさんの家のポストの蓋に
蟋蟀《こおろぎ》がこなくなりました
どこか遠くで蟬がないています
この坂は岩の坂
この坂を亘ると菊の坂
菊の坂の向こうの日暮れの里に
蟬が火を噴いてないているお約束の坂があって
そこでおじいさんに会おうとしたのですか
エリザベート帰りなさい坂道をもどって帰りなさい
暗くなって蟬もなかなくなると
おじいさんは日暮れの里の谷底にはいません
落窪の葉室の石の下で

蟬がかたまって燃えています
辺り辺りに煙がたちこめました
誰もいません

イワンの馬鹿

近所の馬鹿っていうのが大抵の町に
ひとりはいた
ひとつの町に三人や五人はいたかもしれないが
ひとつの町でひとりの名前しか思い出せない
坂下町ではシゲちゃん前新田ではター坊
本町の役場の車寄せでは兵隊馬鹿の伊藤さん
僕たちの軽意のおじぎに
ちゃんと敬礼で応えてくれたケンペー大尉殿
シゲちゃんター坊伊藤さん

いいひとたちはみんな
表に立って静かに笑っていた
静かだった僕たちの町
いつからだったか
シゲちゃんが
イワンと呼ばれ始めた
ター坊もイワン
伊藤さんはイワン大尉
いいひとたちみんなイワンで
僕たちはみんな
馬鹿ガキって呼ばれ始めた

鯉

芝川に
ある日の鯉が浮かぶ
漂っている
ようちえんのこどもが三人鯉を狙っている
とるな老人は叫んだ
林浩二くんが虫捕り網で掬う
とれたとったおさかなとった
夏の小川でようちえんのこどもが
三人して笑った笑ったあとで

悩んでいる
死んでいる生きていない死んでいる
どうして死んだの
なじかは知らねど
死んでいる魚をとってはいけない
老人が教えをたれる
いつ死んだの
きのうから死んでいた
お空を向いて浮かんでいた
死んだ鯉は畢竟《ひっきょう》草莽にゆだねよう
もうお家《うち》へ帰ろう
私たち
四者衆議して土手草の道を帰れば
橋詰で
蜥蜴《とかげ》を咥えた猫にであう

山田さんちの外飼猫のベンジャミンが
得意そうに首をふって歩いてくる
蜥蜴《とかげ》はしっぽで
死なない死なないって
さきゆきを話す

水たまり

雨あがりの
どろみちを帰る
かつとしが兵隊の話をしている
校門を出て
ずうーと兵隊の話をしている
かつとしがお父さんの話をしている
おまえの父ちゃんは戦争に行ったのか
かつとしがきく
首をふる

ばかもーんさんごくじん
たたんだ唐傘でかつとしが突いてくる
おれは頭突き
そのまま組みついて
ぬかるみにたおれ
おおきな水たまりで戦った
どろんこになって首をしめあう
ちょうせんじんのこどもがふたりけんかをしている
まわりでおとなたちの声がした
かつとしの力がぬける
おれの力がぬける
かつとしがすすりなく
あしたの二部授業は遅番で
またかつとしといっしょだ

八月の雨

クビシメラレテ
喉仏コクリコ陥没シンダ
どのくらいのあいだ死んでいたのだろう
小川が流れている
花が咲いている
小鳥が鳴いていた
どのくらいのあいだ聞いていたのだろう
工場の屋根に
轟々と音をたてて雨が落ちていた

破れた屋根から雨が落ちてきた
冷たい水
巫山戯《ふざけ》られて首を絞められていると
キレイナ川が見えた
キレイナ音が聞こえた
近くに滝が落ちている
八月の雨の日
俺はハンプン死んで
美景を見た
キレイナ音楽を聴いた

ほんとうにアソビで
フザケテ首ヲシメられたのですか
その男のひとに

石橋を濁流が洗っている
けさ大雨が降った
つるつる滑る石橋の上
コワゴワ田んぼの川を見ていると
トビコメ
ガキダイショウのキイチが言う
コワイ顔で言うトビコメ
オレオヨゲナイ
わたしは逃げたシグのいやだ
イイカライイカラシンデミロヨ
ケタケタ笑いながら
キイチが追いかけてくる
八月の大雨のあとの川で

チョーセンジンのコドモが
溺れて流されてゆく
豪華な光景をみたいのだ

八月のあの雨の日
あの製鉄工場の職工の男は
父を殺してみたかった
鮮人を一頭晴れ晴れと殺してみたかった
のではなかったのですか

八月のキイチの欲望
ジェノサイドの裂け目
八月の雨の裂け目

今、十月に見る
アノ川は
きれいな水鳥ばかりが
鳴いていて
水ばかりが流れていて

桃

あの夏の始まった日
夏山のおじさんが
赤い毛のこどもの豚を連れてきた
でかくなるまで待て
まるっこくしてから食う
夏山のおじさんが高らかに言った
べつに俺とくに食いたかねーけど

夏山のサンチョンが
まる一日かけて一坪の小屋を作った
毎日芋を蒸かして運んだ
荒川土手の荒れ草踏んで通った
桃のような産毛のこどもに
桃って命名した通名夏山桃子
農林一号の芋を毎日運んだ

こいつわけありで
夏山のおじさんが
桃の生まれた島の話をした

その夏の終わり疫痢に罹って

うつろになっていると
はやく元気になれ
トゥェージチュブ汁食って
元気になれ
夏山のおじさんが熱いスープを運んできた

どうしてお正月まで
待てなかったのですかサンチョン
桃が大きな桃になってとんぷらとんぷら
島に流れて着くまで
どうして待てなかったのですか

だってよおまえ

建設省と区役所が来て
壊せって豚小屋壊せって
煩くってよまったくまったく奴ら
煩くって

さようならポクスンア夏の別れよ
泣くな
おじさんにぴしゃりと頬を打たれた
おれたちはな高尚な一族食葬する民だ
おまえはおまえの桃を食え
おれが死んだらおれを食え
アイゴッアイゴッって
おれの魂を食って泣きなさい

逆らって夏山桃子の骨を
川に捨てた
その夏が海に向かって流れた
俺の疫痢が惨々と流れた
夏山のおじさんの島の話は
忘れるふりをした

＊　サンチョン＝父方の独身の叔父。
＊　農林一号＝甘藷の登録ナンバー。
＊　トゥェージチュブ＝豚汁。
＊　ポクスンア＝桃。

白い服

非在の浜にある白昼でいい
父は李月さんの話で出かけて行き
白いトラックに乗って帰ってきた
荷台の覆いを捲ると銀白色の金属の骨の山
朝日に
白い歯を見せて父は笑った
さあＢｕｉｃｋだＰｏｎｔｉａｃだ
さあどれにするか
マーキュリーかダッジにするか

一眠りした父とモータースに向かう
坂道を上ってゆく
深澤モータースの裏山に
夕陽が落ちてゆく
深澤さんがポンコツ車の横で
夕陽に向かって泣いている
きょうもアメリカに向かって泣いている
キャルフォーニアマンザナール
訛った日本語で泣いている
いつまでもめそめそするな
父が怒った
マンチャナルの隣りはトンへ海
訛った日本語で怒った
塩の川の向こうはトンチョソン
トンチョソンには日本人《チャップ》の棄てた

発電機がある銅線の宝の山がある
来年取ってきてあげるよ取ってきたら深澤さん
あなたのモータースでぴかぴかのアメリカを買う
キャデラックを買う坊ずおまえにムスタングだ
くるまなんかいらねぇ!
父の貧寒な欲望がとても嫌いだった
クルマなんかより服がいい
母を迎えにいける白い服がいい
いつものように午後五時
深澤モータースのガレージの
二階のアパートの部屋から
女の人が白い服を着て
残照の中
鉄錆びた外階段を下りてくる
あのアジュモニの着ている

あの白い服がいい！
女影の
白い服

＊　アジュモニ＝おばさま。

ウラー！

ウラー！
夏の子供よ
瓜の畑よ真桑瓜のつる草よ
ウラー！
尖った叫びに追われて逃げた
内田さんの畑から逃げた
内田さんちの跡取りの舎弟の
真二さんから逃げた
シベリヤ帰りの

郵 便 は が き

〒171-0022

東京都豊島区南池袋2-8-5-301

書 肆 山 田 行

常々小社刊行書籍を御購読御注文いただき有難う存じます。御面倒でも下記に御記入の上、御投函下さい。御連絡等使わせていただきます。

書名

御感想・御希望

御名前

御住所

御職業・御年齢

御買上書店名

無口な真二さんの声から逃げた
二百メートル逃げて
畑を見た
真二さんの姿は見えない
もぎ取ったままにぎってきた真桑瓜を
すてた
夏の子供よ
夏の畑よ
たった一度だけ聞いた真二さんの声
ウラー！
九月になって学校の帰り
内田さんちの納屋に
真二さんをさがす
真二さんがいない
真二さんの

飼猫の猫目のアーラヤもいない
シベリヤ帰りの真二さん逃げた

遠い部屋

あの部屋に帰れたら
ぼくたちの兵器が完成する
ぼくたちのちっちゃな紅茶色の兵器が完成する
ぼくたちの兵器が完成したら
ぼくたちの朝が完成する
ぼくたちの朝が完成したら
東洋の朝が完成する
うづきふみづきかんなづき
朝の霞にのうさぎはしり

ぼくたちの部屋の
まあるい窓から
たったにほんの矢が
濫具《コトバ》の朝にとびだしてゆく
あの部屋に帰れたら
ぼくたちの最終兵器が完成する
あの遠い部屋に帰れたら
ぼくたちの言葉が完成する

オージー・ナイト

きーきぃーと鍵盤を叩く
きーきぃーと猿が鳴る
遠藤由香子ピアノ教室にさんねんも通った
お姉ちゃん
鍵盤をそっと押して
きーきぃーと猿を哭かせる
ぼーんぐぼーんぐぼーんぐ
お姉ちゃんの足元で
弟が和太鼓を打つ

みどり幼稚園の降誕祭の
晴れ舞台のために
みつきも練習した大太鼓が鳴る
ぼーんぐぼーんぐ
窓際に直立して愚僧も泣く
　貴様と俺とは同根の
　おりおんの花
　黄色い三弁の花
すまぬすまぬすまぬ
咲いた花なーら散るのはよそうよ
プチットフルールおりおんの
　みっつのはな
きーきいーと猿が啼く
ぼーんぐぼーんぐ大太鼓が啼く
おりおん寺の和尚さんが

鉦を鳴らして泣く
十二月
其の夜
俄かに狂ってジャムセッション
さんにんで清らかに狂った
オージー・ナイト
午前零時を過ぎて
さんにんで寝た

夏来にけらし

夏が来たらしい常磐線の下り電車の中
女たちの薄い白妙でそを知る
夏が来て女たちの淡い衣を見るのが好きだ
といへども
今は袖口に止まっている此の幼き
蟷螂《かまきり》の子供の事で頭が一杯です
キミを連れてはゆけない
おとうさんはコレカラ戦争にゆくのです
海辺の駅で沈砂の声に送られた時から

黒いポロシャツの袖口に捉まって離れない
キミとの惜別については国家を恨みます
今はただ
済まぬ済まぬ見知らぬ地方人よ
貴嬢に託します
此の緑の子虫を連れてゆけないのです
今はただ隣席の少女のショートパンツの上に
厳粛に蟷螂の子供を移す
どうか………

車窓が曇り始めた
早や梅雨入りか………
勿来の駅の降車台に
少女と緑の子供が消えてゆく

やさしい日本の嬢ちゃんよ
この夏の小さな命託します
なにとぞ………
雨は愈々烈しくなりぬ風さへ立ちぬ
車窓からは雨の他何も見えなくなりました
黒いズボンのポケットの中に
撃鉄を確かめる
冷たき戦争を探りぬ

夜の軍隊

べつにとくべつの夜ではなかった
ふつうのありふれた火曜日の夜でしたいつものように
春奈ちゃんやクララさんや
きよしくんや佐藤課長やラムネとか
橘吾郎氏とか紋白蝶とかが行き交う追分の
ガス灯通りに
昼間のあなたたちの固い心の残り火がまだ
揺らめいている夜でした（それなりに美しい夜でした
信号が青く朧んで点りました

伊勢丹デパートの方からは
たくさんの猫の目が青く輝いて
通りを渡ってきますこちらからは
黄色い蝶が二羽交差点を渡ってゆきます
キシキシキシ（と明解な擬音をたてて
油の切れたダットサンが一台
軋んで黒い煙を吐いて
白く濁りだした暗渠の闇に消えました
そのときそのそらそら堀の
からから回る矢車の
そよかぜに揺れる草の葉のその先の方から
軍隊がきましたさくさくさく
明解な擬音をたててその軍隊がきます
たくさんの生草色のその軍隊がきます
ザクザクザク四谷の方から

声なき声の鼓笛隊がしずかにたくさん
音なき音の鼓笛をならして進んで来ます
第七方面隊が進んで行きました
第七管区西西南西方角で（それなりに美しい夜でした
高らかに響いていています
北北西でミサイルが弐キないていています
参スケ山で老人が三人ないていています

梨の芯のこと

酔っぱらって土手道を歩いてゆくと
お巡りが一羽落ちてきた
「ナニか」と訊く
道をゆく、とコタエル
「イズコへ」とキク
講話の会へとすなおにイウ
「ナニか」とまたキク
近鉄の野球だ梨田だ威張ってやる
「ミセろ」

はい、とすなおに懐に手を入れて
とっさに拳銃に手を遣るお巡りさんに
無謬の一個の小さな梨を見せた
それから梨について梨の芯についての
永い抗弁が始まった
そのこと署でゆっくり聞こう
囀れ
ちっちっちっ小部屋の調べ
小窓の外は野原
十羽のことりが啼いていました
自分小生私が小部屋でウタウ
嘘発見器に架けられ
芯を透かされた
芯は見える
核がないなー

取調官ちょっと落胆

芯のない梨は梨と知覚しなくても若しかしたらスタコラサッサ学の徒として何ら排斥何ら拘禁何ら処罰何ら褒章を微塵も蒙らずに何らの甘い果実何らの美味しい女何らの美しい音楽の享楽何らの美しい星との遭遇宇宙に浮かんだ未通娘の雲を放擲の疎水に流してにも拘らず山蔭で早蕨の清水を一口獄吏と飲んで若いお巡りさんをみんなで県下全署的に放歌高踏しても御名御璽ではないのではないでしょうかということもありうべからずことではない。このように私物している一個の梨について供述していると小窓の格子戸をくぐって黄色い梨の核がぱらぱら落ちてきた。

越猿

一銭五厘と言ってみろ
ニシャクエンポッキリと吐いて
逃げた
自警団の樫棒の据打ちから逃げた
川を越えて猿を越えて狗を越えて
走った倒木の道を走った
崩れて落ちた御堂の脇道を走った
目指した
目指した三和の辻を目指した

あの里にはかささぎの木が堂山木がある
老人を担いでこどもを担いで
集まった鳩ヶ谷宿の御成坂に集まった
一銭五厘とかなんとかそれがどうした
朝鮮訛りそれがナニしたか
九州の芋虫の山本さんもいる
沖縄の毒虫の島袋も来たサトゥリが
いっしぇんコりんと言ってしまうので
撲殺されないために逃げてきた雲霞になって逃げてきた
奄美も慶尚道も全羅道も琉球も
変濁音衆が変激音衆が
変母音衆が
岩槻道を埋めつくし氷川の汲み水を飲みつくして
やっと笑ったみんなで笑った
いっちぇんこりんいっちぇんこりんいっちぇんこりん

お経を唱えながらみんなで笑ったなむあみたぶつ
遠くで自警団が見ている
後ろの方でサーベルが見ている
腹が減ったな
おんまー腹ぺこがきた腹へったよおんまー
我慢かまん我慢とみんなで叫んで我慢
みんなで固まってみんなで新井宿へ押してゆく
そこには
金海金氏の金南善氏の配給蔵がある
炊いた飯がある
おんまーはらぼじーの飯があるおんまー
ぱっぷっ
きのう一回きょう五回地面が揺れた

＊　おんまー＝おもに（母）の幼児語。
＊　はらぼじー＝お祖父さん。

此処ヨリひだり岩槻みち

自警がくる自警が向こうから歩いてくる
官警がくる御成街道を見え隠れして
番所番所に貼りついてゆく
人足が草鞋をずるずるならしてくる
普請場へ普請場へ下人衆がほうほうとゆく
放水路の堤防の下を右衛門七《うえもんのしち》がゆく
東新田自警団の貧血鳥目カナヘビがゆく
おーい七よ俄か検非違使の町内の
見廻半纏小僧のあんぽんたん
巻き舌江戸弁のおいらに呼ばれてきっと振り返り

四尺四寸の棒を構えてこっちへ走ってくる
やるつもりだな
とどまれ右衛門七《うえもんのしち》もう棄て置くがよい
不逞鮮人なぞ
大林ハザマシミズ竹中コウノイケ様分家筋の
廃刀組の諸家陪臣小者衆の「諫め」の雨雹《うひょう》をついて
右衛門七《うえもんのしち》委細かまわず走ってくる
打擲するつもりだ
匪族としておいらは身構えた
きょうは九月一日あの日のことは
あれきりにてはあらず
こっちもやるつもりだ
韃靼銃を弾く六包
荒川放水路に消えない記憶の音縞
アイグー

平成二十六年二月の雪

ぬんぬんぬん
きのうから首尓《みやこ》に雪が降っている
気象庁の発表どおり
帝都に雪が降っている
大雪注意報発令
がっかりだなあ
ステイション迄辿れないな
青年の耳に老人の息を吐く
「………」

「………」
「………」
可哀そうに残念ながら嬉しいことに
この青年は言葉が話せない
今日は外地へ高く飛べない
　雪あかりの小部屋で
青年と二人支那の海図を燃やす
ぽたんぽたんぽたん
　玄関の板戸を叩く音がしているね
誰が来たのだろう
青年にきく「………」
　雪が落ちる音だよね「………」
　雪音が止んだ「………」
遠くで男の声がしている
近くを機動の音が煩い

帝都に戒厳令がでたらしい
　　下士官兵ニ告グ
海溝に落ちてゆく雪の音がしている
　　ちーーーーーーーーん

メランコリア

記憶。犬に食われた。コリアで。犬に食われた。おれの記憶。

憶えている。糞寒い糞忌々しい。ジャップコリアーノチーノののっぺり顔のコリアの冬を覚えている。身を隠すちょろちょろの恥ずかしい草も生えていない冬のウンナングトッチョングピョンサンリ。ｏｋグリンゴ。のっぽのホテルのベルボーイの小銭食いのドッグロニガン。おまえどうして戦争にいったんだい。どうしてジャップの戦争なんかに行ったんだい。
夕日のせいだ。糞。なにが夕日のせいだ。ばかばかしい。ブルックリン橋の上。車のなかではげしいメランコリアにおそわれた。ハドソン川におちてゆく太陽。太陽のせいだ。あのときおれはあの憂鬱を殺したいと思った。糞。ジャップをとりあえず殺そうとおもった。

朝鮮薊
蕾。お菊のあそこ。
見たことないけど白い
朝鮮鮒
川、小魚。色彩はいい。
匂い食えない色食わないけど

朝鮮朝顔
マンダラゲ、毒、薬草。キミコのあそこ。
ジャップの女、ふつうに縦割れ
嘘つきの色のファーイースト
好きな色に染まれ、
木曜日の朝コリア。ステイツに帰りたい
きのうジャップの農夫を殺した
菊芋に糞かけておれたちに食わそうとした
あの農夫Shit! 初めて茶色い猿を一匹殺した
きのうコリアで戦争がはじまった
木曜日の朝にはコリアに運ばれて
忌々しい温情判決ファックあした
「ステイツに帰れない」
ＯＫマミー青い館のテレサクリスマスには帰る
コリアの赤い猿を沢山殺して帰る。

ところでオフィサーあの話ほんとう?
女の話。コリアの女は横に割れているらしいって
話おれは信じる
見たことないけど信じる
わらうなMPポールジェイコブツェッペリン
おれは信じるよコリアーナのカント
朝鮮薊。記憶。極東。欠篇。メランコリア。

＊　グリンゴ＝白人の蔑称。

チラランダ

ビッチ
ヨングサンのビッチ通りをヨングサン駅へ急ぐ
朝のビッチよ
にっこり微笑んでおれを見るな
素透視ガラスの壁の中から
マホガニーの椅子で脚を組み
雨あがりの漢江の目で朝の清々しいおれを見るな
余は聖地に急ぐ父祖の死霊祭《シッキムクッ》へ急ぐ
チラランダ氏！

ヨングサンの朝のビッチ通りで
おれの名前を呼ぶな
チラランダ
誰だ
ふりかえれば霊媒師／
の形をした女
年のころ三十五六四十七八五十七八
しみじみムーダンを見つめれば
六十七八歳ですかアジュンマ
パーボばか菩薩に年を訊くな
弥勒の十六本の指に片袖をつまれて
七分後にはビッチ通りの
娼家の二階の卍屋のリノリュームの床に蹲って
号泣／あいごーはらぼじーあぼじーはらはらぼじー
アイゴー／泣く老夫はいい

泣いているわたしはいい実に美しい
アイゴーアイゴオッ／泣いている女は嫌いだ
生霊はいい泣女は嫌いだ憑依はもっと嫌いだ
五万ウォン札を置いて卍屋から逃げる
ヨングサン駅前通りマンダーラの大路《テイロ》に
わたしを追いかけて
雨が落ちてきた／ドカーンドカーンと落ちてきた
きのうの夜の雨が――
老直角《オチヨンガク》は裸になって辮髪の
元結をといて
白いきれいな歯を見せて笑った背筋をたてて笑った
万達《マンダル》の大路で
わたしはわたしになったチラランダ
チラランダ
河になって流れた

＊　チラランダ＝俗学痴者。
＊　アジュンマ＝年上の女性。
＊　ムーダン＝巫女。
＊　パーボ＝おばかさん。

病身踊り

手びっこが踊る左手だらり
くんくんいが踊る
くんくん鼻ならして踊る
片目眇目が踊るそっぽむいて踊る
くるびょうがくるくる回って踊る
六法が竹馬にのってげらげら笑う
反り女の反り身の具合の良さに
両手をあげて喝采肩を揺すって笑う
兎が跳ねて逃げてゆく

鉦を鳴らし笛吹いて
片足探りで兎を追いかける
新義州まで兎を追いかける
そういう振付を踊って
無病で笑う笑い転げて寝転んで
寝たっきりを踊る

ソウル八月の午後の犬

パンセで犬の肉を喰う
犬になるために犬の胆嚢を喰う
犬になりたい犬になると嗜みが消えるらしい
にんげんの骨が消える血縁《けちえん》のゆかりが消えるという
黙示を聞いたので
犬をたらふく喰って
南の城門をくぐり犬の宮殿へ向かう
犬のように這うように都大路をゆく
行き交う都人が声をかけてくれる

脚が痛むのですかおじいさんだいじょうぶですか
手をひいてくれるひとがいる腰を支えてくれるひとがいる
だんだん川の水がひいてくる
ねよんねよんねよーんぐ
だんだん犬の胆嚢が効いてきた
だんだん犬になってきました
ためしに朔太郎の詩を口ずさんでみる
もおーんもおーんもおーん
あっ離脱がきた街に動物の臭いの水が湧いてきた
きたっ
いぬになってなっています
ロッテ百貨店のショーウィンドウに珍島《チンド》の犬影がうつった
雄渾であるマッチョ犬である尻のさきちょがたっている
うれしくなってわおーんと呻って戦闘開始
鈴懸の道の木の下で

ハンドバッグを覗きこむ妙齢のにんげんの女の脚に
おしっこをかけてみた
アイゴーチラランダ
アガシは鋭く哭いて犬を蹴ったらきゅうに
ソウルの八月の午後どしゃぶりの雨になった
犬がひとり世宗大路《セジョンテロ》をあっぷあっぷして流されてゆく
あの犬はまだだめだ
恥ずかしそうな眼をしている

＊　パンセ＝ソウル南大門付近のレストラン、狗肉専門。
＊　アガシ＝娘さん。

海岸

ケイタイが鳴る
中島美嘉が鳴る
うるせーな
ドコモへ寄って替えてもらおう
冬のリヴィエラにする
このごろ中島美嘉がうるさくなった
うっせいなぁ
はいはいってさりげなく電話にでる
じいいまどこ？　アメリカ？

一族の少年の涼やかな声であった
日本です
どこの日本？
沖縄の日本です
遠いの？
遠くて近い日本
近くない日本がいいよ
ああそうだね
飛行機に乗って荒川の海岸にいきなよ
おれたちいったことあるだろ？
ああそうだねふたりでいったね
白い川がながれていただろ？
ああ白い川だったね
かわはらに
白い草が生えていたね

そうだよあの海岸だよ
あの海岸にいなよ
しずかだよしあわせになれるよ

鏡子の家

ベンチで放心
アクセサリー詩集旅人かへらず
見開きの侭放心熟読
堅雪庭の中にいる
日本からきたかたですか
音もなく
隣りに座りし美女の声に
狼狽着心着眼大局すると
わたしは宗廟の前の庭にいた

朝の霞の中からあらわれる美女に
不思議がない
ここは典雅な後宮の正位方眼
ほほえむ美女に一点の陰りがない
旅人に憂いあり
オルマ嬉遊笑欄
としずんだ声できく
　わたくしは咸鏡南道の家柄の出で
　青楼の人ではありません
油菜を売る女人でありましたか
　あの北岳を越えてゆくと
　鏡という湖があります
　湖面はいつも漣がたっていますが
　目を向けると百年前のあなたが見えます
霊媒さんでありましたか

　湖畔に屋敷があって
　油菜を作って暮らしています
「四月」案内されて
油菜の黄色い小さな花
湖の西側いちめんの
花花花の中にいた
東の水辺に憑依する光光光
きのうわたしは悪性のかぜをひいたので
その光の家で眠ってしまう
眠っていると
目の上に薄紅の花咲く闇沼が浮かんで
たくさんの男の顔が流れていった
顔顔顔顔顔顔冷水が首筋に水水水
眼覚めよそして見よと巫女《ムーダン》の声が湧き上がってきた
　あなたは三千六百五十三日眠って

三千六百五十三個の男の顔を見た
　さあこれからここ
　鏡湖であなたの顔に会いましょう
厭ですアニムニダわたくしは見ません
わたしは菜の花の胡麻和えを食べにきただけです
こんな錆だらけの湖なんか
見たくありませんケサンしてください
わたしは
わたしの鶴川村に帰ります
　あなたは帰れません
　六十九年も生きて
　六十九倍の罪を重ねて
　その因業麝香の鹿になって
　この湖水に浮かぶのです
もういいですよ旅人湖に漂わず

わたしは
ただ飛んできた一羽の灰状の鳥
ただ飛んでゆく一羽の嚢状の鳥
さよなら霧の鏡子よみずうみよ

＊　アニムニダ＝厭です。

オニユリの咲く

ひたひたひたオニユリが咲いている
このゆうべアレクサの上でめざめれば
たちまち花が咲くのをやめた
ひたひたひたと
咲いているのは雨でした
六月
オニユリはまだ咲いていない
川に雨がおちているぴた雨がやんだ
見張小屋の堤防に立って

隅田川を眺める
舟が浮かんでいる
七月のそのゆうべ
螢を鳴かせ矢車草を晒したあの遠い日の
ぴたぴた小雨ふる野辺のおくりから
ぬばたまのこの運河へ落ちてゆきたい
八月
偽庭のこの黒い水にうかんでみる
あおむけの空に
むらさき色の雲がはしる
九月
岸辺がゆれた
水門がひらいてゆく
舟が燃えている
わたしたち金の十の字班の

土工人夫が掘りあげた井戸水が濁った
井戸の中で
あたらしくうまれたオニユリが死んでいる
だれが毒矢をふらせたのだろう

よーよーよー

水のにおいばかりを掻きわけて
水辺の道を捗む
水沼溜池浄水場
川を渉って川端の水辺を往く
水草のにおい
蒲の穂綿の道で沢蟹を踏んでしまったら
錆びた血のにおいのする男と
擦れ違ってしまった
よーよーよーと男は振り向いて啼いた

じーさんよー
おめー水搔きができてるよー
なんだよーなにがだよーと啼きかえして
手を翳して見た
たしかに
指と指の間に
水搔きができている
なっ
男が念をいれて呉れる
水のにおいを搔きわけて
六月のすすき野を往く
笹川の「い」でさっきの
錆びた血のにおいのする
くちゃめの目をした男に
もういちど出会った

笹川の「ろ」でその男が
待ち伏せしていた
待ち伏せの了見は知らない
水搔きのできた因果を男にきく
しんねーよー男の声が咬みついてきた
だーだーだーだ蛭さよー
とどめを刺してくる

＊　くちゃめ＝下総香取郡の方言で蝮。
＊　「い」「ろ」＝佐原近在の地名、香取市内。

したい

猫のような襟巻のような幽霊のような
幻のようなもの妹のようなもの
そうゆうものを飼っていたことがある
ななひきも飼っていたけれど
いっぺんにではなく
いっぴきいっぴき断絶した思い出だけれど
病気で死んだり自然に死んだり蛇に嚙まれて
死んだりしたけれど全員家の中で
息をひきとった

全員家の猫の額のようなわたしの庭へ
埋めてあげた
さいごの土を被せるとき
死んでいるのにみんな
しゃりしゃりって喉を鳴らした
あれから何年もたつけれど
まだ
しゃりしゃりって鳴く奴がいる
わたしの顔の額の中で鳴く
したいだな
きのうの朝のほおずき市で
江戸から来たほおずき売のおやじが
わたしの顔をしみじみと見て言った
したいだな
何度も言った

鳥獣

新国道を飛ぶ
きょうも息災です無傷です
もう前九年からずうっと同じ行路新国道
同じ車ダットサン
飛びなれて鳥餌をとりにいく
区役所糧秣課同じ机の下
新年度から鳥獣課にいってください
きょう笛を吹く課長に通知された
むっとしたけれど後三年新国道を飛んで

糧秣をとりにくるそれにしても途上
小枝にとまっている似鳥
チュイルメジロのペンキの塗絵
持木小鳥店の黄色い看板の中で
年々剝げてくるなあ戸

タニナカにて

あの日を思うと懐かしい
あたたかいおふろ
あの家のお風呂のお湯にたぽたぽと
あひるとふたりで浮かんでいました
あっちといってあひるをぶつとあひるは
あっちへいって笑いながら浮かんでいました
ちゃぷちゃぷ女のひとがウタを歌っていたのを
おぼえています女のひとにつかまって
浮かんでいました　ちゃぷっ

きょう
二千十四年五月十日の午後
風に両肩を押されて谷を渡っていると
きょうこの日こそが懐かしい
この肌寒き西風が
時代の棘になって
首筋に刺さってくる
なじかは知らねど
それが愛おしい気分になって
この谷中村の谷草の道にいて
浴々とあれ草に浮かんで
沼のような
あたたかいおふろに流れていくのが
とても懐かしく思えてくるので
ありました

この村には住んでいたことがある
一百年位前に
この村で生まれていたのではないか
ちゃぷっと浮かんでいたのではないか
そんな視覚や脈覚については、
中学生の日記帳の余白なんかに
書いてはいけないと思いました。
真淵にちょっと片足入れてみたら
ひゃーー冷たい沼。

わたしの五月へ

去年五月があったと思う
如何なる五月だったか憶えていない
ことし五月があると思う
二月二日
小便所の一辺三十糎程の小窓に刺さっている
尖った小枝に小さな花の膨らみを見た
粗呉れて小枝を引き寄せ沁み沁みと見る
県営公園植栽管理の冬の青年に訊く
何の花の蕾でしょうか

一瞥して
椿
と冬の青年は言った
椿の芽をポケットに仕舞って
花陰橋の下に花占いの女を起こしにゆく
二月二日午後薄い灯りの枕辺に
ふぐりを放る
花のなぞらえ騙りの此の女よ
此の未だ来ぬ五月を占え
女は気に入らぬ虚言を吐いたいつもの様に
(五月に咲いて六月に)
(ぽとりと落ちる)
(残り木の命ばかりが永いのよ)
唄うな唄うな語るな
薔薇の小枝を切って老女を殴る

今年も五月があると「思う」
今年も五月の絹花があればと思う

はとぽっぽ

朝の濡れた舗道を
はとぽっぽが歩いてくる
コロコロ野営鞄を転がして
正しい姿勢正しい歩行
正しく着帽して正しく目礼
正しい朝を歩いてくる
日中は何所で秒を読むのか聞かない
漏らさない情報（国家公務員であった防人であった
視神経末梢までも演習色に染められて
戦時予備役二等陸曹引き摺って

襤褸服襤褸靴引き摺ってきのうの赤い夕陽を
引き摺って昼間の待機所に向かう
はとぽっぽごろっぽんごろっぽんと泣き
あしたの朝日の「自分」とすれ違う
すれ違い様お互い蔑視の矢を放つこの宿無しめ
自分は美軍演習場のジェラード軍曹放弾の
薬莢拾いであった（恥ずかし午銃後であった
地方人であった
いま『午前午後』の裏口で
捨てる弁当を拾う人である
午後三時三十五分迄待機して
またもや新オープンの官有無番地店で
新しき除隊のはとぽっぽに遭遇し
囚われの戦闘の嘴を向ける新生ニッポンの
長生の鳥であるごろっぽんであった

ひるね・東京・うさぎ

泥うさぎ東京へ刎ねた
かなしいかな蹠《あしうら》になじまぬ町よ
たちまちゆきくれて
妙正寺川の
ベトンの底で細き流れに耳を棄てた
偽書に声を埋め
ちらつく人影になって
ふたたびのぴょんぴょんぴょん
跳ねてみる

六月の了《おわり》の暑い日であった
みみなしうさぎの♂の性合《しょうあい》が
碧《みどり》の生垣のつくる日陰に吸われてゆく
魚王《りょおう》のつくる穴影と知るが
恨《はん》はない
小動物に悔恨はない
逡巡があった
逡巡をヒョンヒョンニムと刎ねて
王家の脇道をゆききると
眼前を灰鳥が一羽飛んだ
目を凝らせて見れば
ゆきかたに離宮の同情の碧の甍朱門《いらか》の扉
瞬《しばたた》いて蹲《うずくま》れば
沈んでいる瀧の水音が聞こえてくる
紺屋がとんできた

無粋な
立っていろ座るなと告《い》う
亜蒙古の男たちの細く暗い眦《まなじり》が光っている
泥うさぎの殆ど快楽に似た樫棒のこの遠い記憶
跳梁
ピョーン
柵封のうちにあるあなたの思想は知らない
六月の午睡
橋上で汽車は停まった
銃声六発
うさぎが一匹撥ねて
みた

しもーぬは今夜

エスカルゴエスカルゴのオーブン焼き３９９円
廉価それなりに美味
高齢さんがいっぱい
年金者がいっぱい
太陽がいっぱい
孤老がいっぱい
太陽みたいに残照して
ぎんぎん猟食
グラスワインでひとりしずかに酔う

あっしもーぬさんだ
隅奥のシートで老女しもーぬさんも
また
ひとりでいた背筋をたてて首をたてて
今夜もしずかに音をたてて
摂食している
しもーぬさんは今夜もいた
〃オージービーフステーキソフラン添え〃をまるごと
お口に運んでいる
〃おゝわたしのシェフよわたしの奴隷よ〃
赤い唇からあの時のパルタイの総括の声が漏れてくる

ファミリーレストランふぁみーりあ
ごご8時27分

入口にいちばん近い窓際の席で
わたしは摂食している
飽食するご高齢さんたちがきらきらとおとをたてて夜に流れ
喧騒
通路で赤ちゃんがおめざめ
さめざめと泣く
いやいやいやいやを7回してちいさな宇宙を睨めまわし
1回ふかく頷くと
泣くのをやめた
隣りのテーブルでは
さかりのついた初老のだんじょが
れじーむとおかねの話をしている
おれは
しもーぬを
真摯に

今夜コロそうと思う
あのちいさな宇宙の遠い夜
浅間山麓の冬の
しもーぬの声を思い出す
〝おゝ人民よ人民の子よ撃て〟

2倍2倍あなたの絮《わた》

真綿真綿と真綿締めのど輪抜け
昭和十八年冬場ふんぎゃーと参道抜けて
勝ち名乗り犬千代丸～光州李氏に叶う
あぎゃーと光に向かって初泣き山は雪冠朝鮮晴れ
オモニのはく息は白い
ましょろましょろと泣きやまず
アガの頬っぺが青い
この萎びた赤ん坊大きくなれますか
　なれますよなれますとも人間だもの沢山

人間を食べて大きくなれますよ
やはりそうなりますか悪くなりますか人間だから
なりますともなりますとも2倍2倍と罪重ね
千秋楽には膨らんで2倍の2倍の2倍
魔王に叶う
俺は71歳まで生きて71倍の罪を重ねまくりのど輪抜け
おおいいね　赤い下帯　MADE　OOZEKI
柳絮の砂浜海岸でふんわりふんわり四股を踏む

＊　アガ＝赤ちゃん。

わが早春賦

一月二日辛夷が消えた
この年の始めの日だったので
よく覚えている
やっとられへんうちいぬります
モクレン色のオーヴァコートを
羽織って腕も通さずに裏道に消えた
ヤンキーだなオバサンだったなあ
負けおしんで
福寿荘二十一号室の窓辺

あれが
永劫の別れとなったのか
あれから女っ気がない
畳の上の薄絹よ浅い未練よ
溜まったゴミ可燃に出して
黄色い生身、冷やしに
朝のマロニエの並木の歩道に立つ
三月六日啓蟄の日だったので
よく覚えている
われ蕭然として立つ
そぼふる雨の朝東京に立つ

細田傳造――

一九四三年東京生れ

詩集
『谷間の百合』（二〇一二年・書肆山田）
『ぴーたーらびっと』（二〇一三年・書肆山田）

連絡先＝三三〇―〇八〇三　さいたま市大宮区高鼻町一―四五七―一

水たまり＊著者細田傳造＊発行二〇一五年一月一五日初版第一刷＊装画川瀬裕之＊発行者鈴木一民発行所書肆山田東京都豊島区南池袋二‐八‐五—三〇一電話〇三—三九八八—七四六七＊装幀亜令＊印刷精密印刷石塚印刷製本日進堂製本＊ISBN九七八‐四‐八七九九五‐九〇八‐九